KB211820

잔

잔

박세연 지음

북노마드

봄,

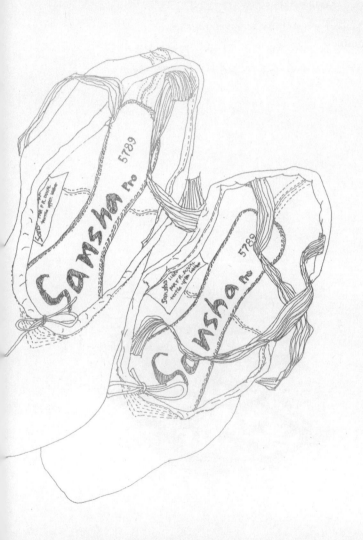

'괜찮다면 제 잔을 선물해도 될까요?'

같이 그림을 그리는 동생이 어느 날 찻잔 하나를 선물했다.

수년 전 베니스에서 산 찻잔이라고 했다.

그녀에게 선택되어 나에게 오기까지의 시간.

이 찻잔에는 얼마나 많은 그녀의 이야기가 담겨 있을까?

그리고 이제 이 잔에 얼마나 많은 나의 이야기를 담을까?

작년 이맘때쯤 오피스텔 맞은편에 작고 예쁜 카페가 하나 생겼다.
너무 작은 곳이라 선뜻 들어가지는 못하고 산책할 때마다
훔쳐보기만 했었는데, 한 번 발을 들인 후부터는 거의 매일
출근도장을 찍는 단골손님이 되어버렸다.
본인을 '백마담'이라 불러 달라는 여사장의 도도한 매력과
하나둘 모여드는 독특한 동네 단골들과
짙고 신 그 커피맛에 반해서.

프리랜서 일러스트레이터의 삶이 직장인들에게는
한없이 자유롭고 아름다워 보이는 모양이다.
부단한 노력과 실상은 사라지고 한량 취급을 받을 때면
조금 억울하기도 하지만, 원래 남의 삶은 그런 거다.
그러니 행복을 동경하는 이들에게 굳이 실망감을 안겨줄
필요가 뭐람. 이왕 그렇게 보이는 삶이라면 더욱 그럴듯해 보여도
좋겠다는 생각이 든다.
그렇든 아니든, 그런 척하고 살다보면 어느 순간
정말 그렇게 되어 있을 거야.

간만의 외출에 도취되어 슬금슬금 걷다보니
버스정류장과 멀어져 집으로 돌아가기 귀찮아졌다.
밖에서 그리 오래 머물 생각은 아니었는데.
이왕 이렇게 된 거 새로 장만한 카메라도 있겠다,
얼마 전 구입한 싸구려 신발도 발에 착 익었겠다 싶어
마감 따위는 나 몰라라, 작정하고 골목 구경에 나섰다.

봄날, 낯선 주택가의 골목은 참 좋다.
녹이 슨 철문, 벗겨진 페인트, 적갈색 가스배관,
낡은 담과 그 위로 늘어진 능소화,
그리고 선술집으로, 카페로, 꽃집으로 변신한
주차장과 반지하 월세방들.

'마감녀'가 꽃단장을 하고 나타나 아이스 녹차라테를 주문했다.

'마감 끝났군요.'

제리코 사람들이 모두 한마디씩 했다.

좀비의 몰골로 나타나 카페의 격을 떨어뜨리지 말라는

백마담의 간곡한 부탁에도 아랑곳하지 않고

매일 제리코 한구석에 앉아 미친 듯이 번역 일을 하더니

이제는 보란 듯 곱게 차려입고 자축의 시간을 가지는 모양이다.

마감녀는 빨대를 쪽쪽 빨며 굳이 마감중인

내 앞에 앉아 우아하게 독서를 하기 시작했다.

예쁜 잔에 탐닉하기 시작하면서
찻잔의 바닥을 뒤집어
브랜드를 확인하는
못된 버릇이 생겼다.
눈과 코의 즐거움에만 만족하지 못하는
못된 버릇이 생겼다.

찻잔이나 그릇 등 테이블웨어를 수집하는 이들은
습관적으로 바닥에 찍혀 있는 스탬프를 보곤 한다.
나 같은 초보자는 그저 회사의 이름을 확인하는 정도이지만,
사실 스탬프는 더욱 많은 것을 담고 있다.
제품의 브랜드는 물론이거니와 생산연도, 해당 디자인의 라인,
제품 생산 번호, 때론 디자이너의 이니셜이 들어가기도 한다.
회사에서는 매년 스탬프의 모양을 약간씩 수정하기 때문에
전문가들은 스탬프 모양만으로도 그릇의 나이를 알 수 있다.
제품별로 '스탬프 읽는 법'까지 나와 있는 걸 보면
테이블웨어에 집착하는 이들의 열정이 어느 정도 인지 알 수 있다.
개인적으로는 기계로 찍은 것보다
로열 코펜하겐이나 초기의 로열 크라운 더비처럼
디자이너가 손으로 직접 그려넣은 로고가 좋다.

PEMBROKE

로열 코펜하겐 Royal Copenhagen

로열 코펜하겐은 1775년 덴마크 줄리안 마리Juliane Marie
여왕의 후원으로 왕실 도자기 업체로 시작해, 200년이 넘는 동안
세계 최고의 도자기로서 덴마크와 유럽 각국의 왕실과
전 세계 명사들의 사랑을 받아왔다.
특히 한국에서도 인기가 있는 블루 플루티드Blue Fluted 라인은
처음 만들어낸 패턴 중 하나로 1770년대부터 생산하기 시작했다.
한 점의 접시를 그리는 데 1,197번의 붓질을 요하는 놀라운 작품으로
가히 덴마크 문화유산 중 하나라 할 만하다.
최상의 품질을 지켜나가기 위한 로열 코펜하겐 장인들의 자부심은
오늘날까지 그대로 전해 내려오고 있다.
로열 코펜하겐이라는 이름은 이제 하나의 브랜드라기보다는
덴마크라는 국가를 상징하는 문화유산이자 자부심이 되었다.

츠비벨무스터 Zwiebelmuster

츠비벨무스터는 1864년 체코슬로바키아에서 설립되어
현재 150여 년의 전통을 이어오고 있는
세스키 포슬란Cesky Porcelan이라는 회사의 제품이다.
1420년대 초, 중국 명나라의 오리엔탈 문화가 실크로드를 통해
동유럽으로 전파되었는데, 이중 블루 어니언Blue Onion이라는 문양은
중국의 그릇을 모방하는 과정에서 당초무늬가 양파꽃으로 오인되어
탄생한 작품이다.
어느덧 독일의 전통무늬로 알려진 당초무늬는 마이센과
로열 코펜하겐 등 세계적으로 유명한 도자기 회사에서
많이 사용하고 있는 유래 깊은 디자인이다.

43

웨지우드 Wedgwood

1759년 조사이어 웨지우드Josiah Wedgwood가 설립해,
장장 2세기에 걸쳐 세계적인 회사로 명성을 쌓아왔다.
'영국 도예가의 아버지'로 알려진 웨지우드의 회사는 그가 세상을
떠난 후에도 혁신과 변화를 꾀하는 것을 게을리하지 않았다.
우선 중국의 도자기를 수입하는 과정에서 비싼 운송료와
오랜 배송 기간으로 수요를 감당하기 어려워지자
이를 해결하기 위해 19세기에 기계를 도입했다.
이 결정으로 유채색의 질그릇을 만들기 시작해
영국만의 본차이나를 이루는 혁신을 이루어냈다.
물론 이러한 변화 속에서도 옛 장인이 사용했던
전통적인 기술방식과 디자인을 고수하는 것도 잊지 않고 있다.
그중 1806년에 발표해 오랜 시간 마니아들에게 사랑받고 있는
'와일드 스트로베리'는 웨지우드의 색깔이 잘 묻어나는
베스트셀러이다.

백마담은 서빙할 때 손님의 취향을 고려하는 편이다.
아줌마 손님에게는 노리다케잔에, 아저씨 손님에게는
투박한 듯 심플한 도자기잔에 차를 내어준다.
나에게는 주황색 꽃무늬가 있는 앤티크 찻잔이나 옥빛 머그잔에,
미에코 상에게는 빈티지한 멋의 파이렉스잔에,
늘 찬 음료만 주문하는 마감녀에게는 유리잔에,
코파카바나 부부에게는 손에 쥐기 편한 데미타스에 정성스레
음료를 담아준다.
하지만 장미차에 한해서는 아무리 거대하고 험상궂은 남자일지라도
꼭 장미무늬가 있는 섬세한 잔에 차를 준비한다.

커피가 뚝 떨어졌다.

커피 대신 아삼을 짙게 우려 마시니

유학시절 룸메이트였던 캐시Cathy가 떠올랐다.

우리는 매일 밤 잠들기 전 부엌에 마주 앉아

한국과 프랑스 이야기를 했었다.

서로가 자라온 시간과

유치했던 러브스토리와

아직은 불투명한 미래를 나누던

고단한 유학생들의 무드타임이었다.

그때는 감히 상상조차 하지 못했다.

더는 마주 앉아 차를 마시게 될 일이 없을 줄.

이렇게 찻잔을 마주할 일이 없을 줄은…….

'접다'라는 표현은 누가 어떻게 쓰기 시작한 걸까요?

정확한 표현에 감탄하며 저도 제 마음을 '접기로' 했습니다.

표현에 걸맞도록 우아하게 반만 접으면 좋으련만

꼬깃꼬깃 여러 번 접게 되네요.

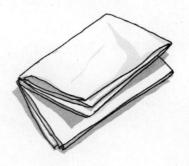

언제 그랬냐는 듯 인터넷을 하고
손에 힘을 주어 그림을 그린다.
낄낄거리며 전화도 하고,
설거지도 하고, 무거운 것도 든다.

언제 아팠냐는 듯 일주일 전과 크게 다르지 않다.
식은땀을 줄줄 흘리며 누워 있던 며칠 전의 내가 몹시 생소할 정도.

회복이 되니 예전 내 모습이 그립다.
맵고 짜고 단것이 그립고
하루의 기운이 모두 떨어질 때까지 잠을 자고 싶지 않다.
깊은 고통의 순간이 사라지는 몸의 회복을 경험하니
나와 내 몸이 얼마나 간사한 존재인지 알 것 같다.

아마, 마음의 회복도 마찬가지일 게다.
조심해야지.

혼자 타박타박 벨기에의 시골 마을을 걷던 내 모습이 그리워진다.
마을의 지붕도 예뻤고, 세라의 다락방 같은 호텔방도 예뻤고,
손을 잡고 관광을 다니던 노부부들의 모습도 참 예뻤다.
그곳에서 발견한 이 잔은 그때나 지금이나 참 예쁘다.

지금보다 5년 젊었던 나의 모습도 예뻤을 거다.

여행 가고 싶다.
모르는 곳이면 좋겠다.
일본은 어떨까?

세 번째 제리코 벼룩시장이 열렸다.

제리코 사람들은 옷가지와 구두, 가방, 책, CD 등을 가져와

팔기 시작했다. 마감녀는 읽지 않는 책들을 갖고 나와 권당 천 원에

팔고는 누군가 내놓은 '재주소년'의 CD를 샀다.

써니 부부는 아름다운 원피스와 구두를,

미에코 상은 파이어킹 그릇 몇 개와

사발처럼 생긴 카페오레잔을 가져왔다.

나는 헤어진 남자친구에게 받았던 물건들을 갖고 나가

처분하기 시작했다. 백마담이 내놓은 빈티지 원피스는

인기가 없는 편이었지만, 그녀는 노리다케 그릇 세트를 획득했다며

연신 싱글벙글. 한적하기만 하던 제리코에 동네 사람들이

하나둘 모여들기 시작했다. 코파카바나 부부는 벼룩시장 한쪽에

간이의자를 놓고 앉아 장이 끝날 때까지 기타를 치고 있다.

근사한 토요일 오후다.

카페오레Café au Lait란 '커피와 우유'라는 뜻의
프랑스식 커피로, 큰 컵에 미리 시럽을 넣고 평소보다 조금 진하게
추출한 커피와 따뜻한 우유를 함께 부은 음료를 말한다.
아침식사용 커피라고 하는데 미에코 상이 벼룩시장에 내놓은
커다란 카페오레잔을 보니 식사대용으로 마실 만도 하겠다.
손잡이가 없는 커피잔이라니 우리에겐 생소하지만,
프랑스에서는 실제로 이런 카페오레 볼에 쇼콜라나 카페오레를
담아 마신다고 한다. 어릴 때부터 갖고 있는 것은 물론
나이 들어서까지도 오랫동안 사용한다.
사발 모양의 볼뿐 아니라 양쪽으로 귀가 달린 카페오레잔도 있다.
어린아이들이 찻잔에 달린 양쪽 귀를 잡고 쇼콜라를 들이켜는
모습이 떠오른다.

'소개해줄 사람이 있으니 빨리 제리코로 오세요.'
코파카바나 부부의 문자를 받고 가보니
진저헤어의 서양 남자 하나가 있다. 이름은 노엘Noel.
룩셈부르크에서 태어났고 네덜란드에서 자랐다.
베트남에 자원봉사를 갔다가 그곳에서 알게 된
한국인의 친절함에 반해 바로 이곳으로 왔단다.
우연히 만난 코파카바나 부부와 말이 잘 통해
여기 제리코까지 초대를 받은 모양이다.
이제 겨우 3일째인데 한국이 너무나 마음에 든다며
수줍게 웃는다. 그런데 이 남자, 그 폼이 어쩐지 수상하다.
서양인답지 않게 눈을 마주치지 못한다.
세계를 누비는 열정이 믿어지지 않게
목소리는 너무 작아 알아듣기가 힘들다.
체격은 건장한데 손짓과 몸짓이 너무 섬세하고 여성스럽다.

그가 가고 난 후 제리코에서는
그가 게이인가 아닌가에 대한
열띤 토론이 펼쳐졌다.

NOËL
FAUST

서른이 넘어서야 꿈이 생긴 동생을 만났다.

분명 아직 터널 속일 텐데도,

작은 빛줄기 하나를 발견하고는

마냥 행복해하고 마냥 자신감이 넘쳐난다.

고맙다.

비록 남들보다 늦더라도

남들과 다른 길을 가더라도

빛을 발견해줘서 고마워.

'기타 가져가세요.'

백마담에게서 문자가 왔다.

기타 배우고 싶다고 징징대는 내가 지겨웠는지

백마담이 기타를 구해줬다.

제리코의 단골이었던 영국인 손님이 한국을 떠나면서

그의 망가진 기타를 그녀에게 넘기고 갔다.

기타 전문가인 코파카바나 부부가 보더니

5만 원 정도면 고칠 수 있단다.

올레~

당장 학원부터 등록해야겠다.

심보선.

글을 잘 쓰는 시인.

좋은 시 써주어 고맙습니다.

비 오는 날 읽으니 더 좋았고

커피와 함께하니 더할 나위 없었습니다.

이번 여행지는 아직
한 번도 가보지 않은 일본으로 정했다.
비행기 표와 숙소를 예약하고 나니
마음은 이미 한국을 떠나버렸다.
맛있는 초밥과 회, 전통 양갱과 오니기리,
다코야키와 오코노미야키, 일본 맥주와 사케,
게이샤와 기모노, 커피와 디저트, 찻잔과 그릇들,
그리고 일본의 골목을 혼자서 오롯이 걷는 단단한 나의 모습.

기억을 비우고,
경험을 채우고,
그렇게 돌아와야지.

'우리, 가을에 제리코에서 기타 공연 할래요?'

백마담이 말했다.

이제 겨우 기타 코드를 외우기 시작한 사람에게

이보다 더한 자극제가 있을까?

늘 집에 박혀 흰색 스케치북만 보는 일러스트레이터에게는

최고의 현실 도피가 될 것이다.

'좋아요. 좋고 말고요!'

노엘과 계동 골목을 산책했다.
일주일 걸릴 것을 예상하고 한국에 입국한 그가
이곳에 머문 지 벌써 3주째다.
서울의 아름다움과 친절함에 반해서
여기 정착하기로 마음먹고는 벌써 을지로에 집까지 구해놨단다.
이곳에서 프랑스어 선생님 자리를 구할 예정이라 한다.
새로운 곳에서 시작하는 이 삶에 노엘의 눈이 반짝거린다.

내일은 교토에 간다.
노엘에게 자랑했더니 가보진 않았지만
한국보다는 못할 거란다.
이 못 말리는 립 서비스!
하지만 수줍은 미소를 보면 알 수 있다.
그 마음이 거짓은 아닐 거다.

자전거를 빌려 교토의 골목골목을 달렸다.

오래된 목조건물들,

여인의 단아한 족두리 같은 기와,

작지만 아름답게 꾸며진 정원과

집집마다 피어 있는 동백꽃이 아름답다.

내 눈에, 내 코에, 내 귀에

많은 것을 담아갈 수 있을 것 같다.

교토 시내의 카페에 들어왔다.

스피커로 흘러나오는 컨트리 음악에 미소가 절로 지어진다.

커피와 푸딩 하나를 시켜 자리에 앉았다.

모두 혼자 앉아 있다.

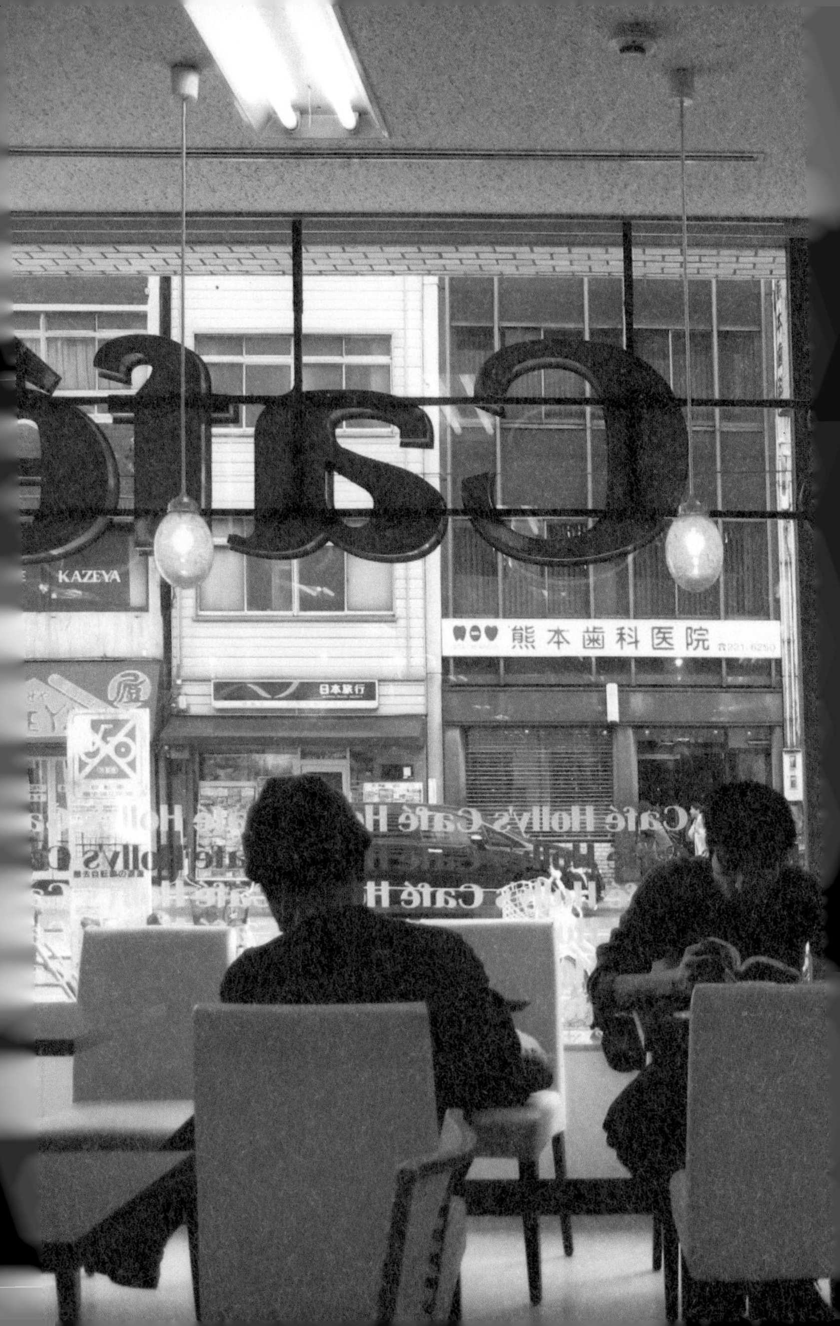
KAZEYA
熊本歯科医院

풀빛 조끼를 입은 할아버지가 혼자 앉아
서류를 잔뜩 쌓아놓고 일을 하고 계셨다.
종이 한 장 한 장을 심각한 표정으로 훑다가
커피잔을 들어 한 모금씩 마시는 모습.
생경하게 다가온 할아버지의 티타임에
어쩐지 미소가 지어진다.

요즘 일본은 파이어킹과 빈티지 코렐까지 유행하고 있어
이 그릇들을 모으는 수집가가 급격히 늘어나고 있단다.
어릴 적 부엌 찬장에서 본 이 잔들은
굉장히 촌스럽게만 느껴졌었는데
고가에 거래된다는 이야기를 들어서일까?
갑자기 예뻐 보이는 나의 간사한 안목.

코렐 Corelle

'깨지지 않는 그릇'으로 혁신을 일으키며 나타난
미국 코닝사Corning Inc.의 코렐.
1851년 창립된 코닝사는 1916년 파이렉스Pyrex라는
단단한 내열유리를 개발하며 주방용품의 대명사로 자리 잡았다.
근래에는 일본뿐 아니라 한국에서도 빈티지 코렐의 마니아가
빠르게 형성되어 온라인에서 활발한 거래가 이루어지고 있다.

파이어킹 Fire King

1940년대에 생산된 주방용품으로 일상적인 사용을 위해
단단하게 만들어졌다. 매우 다양한 무늬와 패턴이 있는데,
그중 비취색이 가장 인기 있는 아이템이다.
1942년부터 1976년까지만 생산되어 단종된 지 30년이 넘었지만
일본에서는 아직도 파이어킹의 인기가 대단하다.
묵직하고 단단해서 쉽게 깨지지 않고 보온성도 매우 뛰어나
차 애호가들에게 인기가 높다.

저 다채로운 색깔을

텅 빈 지갑 대신에

성능이 좋지 않은 카메라 대신에

내 눈에 담아오려고 애썼다.

하루, 자전거를 탄 날을 제외하고는
모두 걸어다녔더니
운동화에 구멍이 났다.
참 많이도 다녔구나.

비행기에 오르기 전.

남은 돈을 탈탈 털어 커피 한 잔을 테이크아웃했다.

커피를 들고 면세점 구경을 하다보니

참 편한 세상이라는 생각이 든다.

대형 커피 체인점에서 시작한 테이크아웃은

다방에 가려져 있던 커피 문화를 새롭게 바꾸며

어두운 이미지를 젊은이들의 신선함으로 탈바꿈시켰다.

종이컵의 힘이라 할까.

집에 도착해 한 잠 자고 일어났다.

뜨거운 커피를 한 잔 마시니 피로가 조금 사라지는 듯하다.

온도를 유지하고 향을 더욱 오래 머금기 위해서

커피잔 벽면의 부드러운 곡선을 따라 커피를 부었다.

이 여행의 기억 또한 오래 머금어주길.

불면증이 심해져 한의원에 갔다.

한의사의 진단에 따르면 불면증이나 소화불량 등

모든 병의 근원은 스트레스이며

이를 해결할 방법은 매사에 무책임해지는 것이라고 했다.

한의사는 무책임한 말투로 '무책임해지세요'라고 했다.

정말 마음에 드는 해결책 아닌가!

사루비아 꽁지를 쪽쪽 빨아먹던 기억.

분꽃의 까만 씨앗을 쪼개어 흰색 단면을 구경하던 기억.

그리고 그 옆에 한가득 있던 동글동글 베고니아.

소의 내장 같은 맨드라미.

알록달록 채송화와 내 옆에 같이 쭈그리고 앉아 있던

어린 언니까지 생각이 났어.

물을 갈아주다가
꽃송이가 똑 똑 부러졌다.
미안한 마음에 에스프레소잔에 담으니

활짝
그득하다.

데미타스demitasse는 프랑스어인

demi(반)와 tasse(잔)을 뜻하는 두 단어가 합쳐진 말로 에스프레소를

담는 작은 잔을 말한다.

이 에스프레소잔은 크기가 작은 만큼 공기와의 접촉이 쉬워

빨리 식기 때문에 보온성이 중요하다.

잔과 손잡이는 두꺼운 것이 좋고

잔과 받침의 바닥 모두에 턱이 있어

외부의 온도로부터 이중으로 보호되어야 한다.

데미타스는 앙증맞은 크기와 다양한 디자인으로

에스프레소를 즐기지 않더라도 소유욕이 생기는 물건이다.

덕분에 나의 장식장에는 커피빈이나 단추,

꽃송이가 담긴 데미타스가 즐비하다.

소정의 결과물을 얻고 안도와 불안으로 뒤섞여
'넌 할 수 있어'와 '내가 이걸 어떻게 하지?'를
수천 번 반복한 하루.

아, 그래도.
오늘 맞은 봄볕,
간만의 긴 걸음,
함께 걷는 친구,
손에 든 커피,
먹먹한 마음에도 부는 소망.

봄의 위안.

백마담에게서 얻은 빠알간 오미자차를

바라보고 있으니

그 색깔에서 꽃향기가 나는 듯하다.

덕분에 봄다운 봄을 맞는다.

너를 보니 이곳이 봄.
너를 보니 나도 봄.
고맙구나,
씩씩해서.

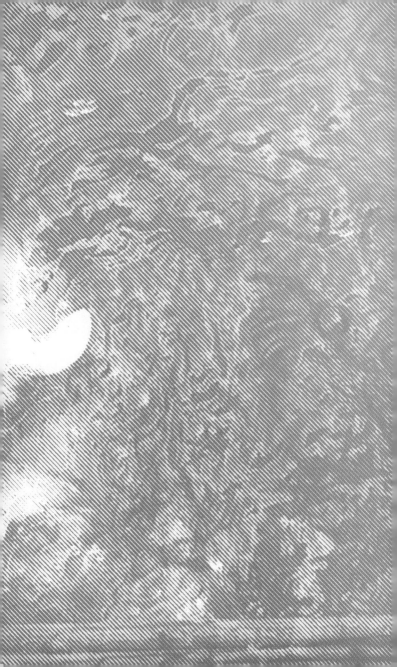

여름,

기타의 코드를 읽게 되었고

핸드드립 커피의 매뉴얼에 심취하게 되었다.

코드는 좀처럼 연결되지 않아 음악이라 하기 어렵고

커피는 힘 조절에 실패해 물을 왕창 쏟기 일쑤다.

제대로 된 연주도

근사한 드립커피도

아직은 멀고 험난한 이야기지만

몰랐던 것을 알아버린 기쁨에

개안이라도 한 기분이다.

새로운 손님은 오지 않고 지겨운 단골들과
무일푼의 고양이 손님만이 찾아오는 제리코.
마음 약한 백마담은 단골들을 거두듯이 고양이에게
마음을 주기 시작했다.
그런데 요놈들, 한 번 얻어먹은 후로는
잊지 않고 매일매일 찾아온다.
어느새 고양이 엄마가 된 백마담은 진상 손님들보다
고양이가 훨씬 예쁘다며 단골들에게 눈을 흘긴다.
납작하고 예쁜 컵에 사료를 부어주면
슬그머니 나타나 마음껏 먹고는,
늘어지게 낮잠까지 즐기고 돌아간단다.

예쁜 컵 이미지가 필요해 들른 커피숍.
무늬 없는 하얀 컵이 나와 실망했지만
의외의 수확,
카푸치노 콘판나.
너라면, 달아도 괜찮아

카푸치노나 카페라테는
입구가 넓고 두꺼운 잔이 어울린다.
본차이나 재질의 얇은 잔을 썼지만,
빨리 식는 것을 방지하기 위해
점차 두꺼운 찻잔을 사용하고 있다.
거품이나 라테 아트의 시각적 상승효과를 위해서
입구가 넓은 잔을 선호하기도 하지만,
카페에 따라서는 온도 유지를 위해
일반적인 머그잔에 나오기도 한다.

신선한 바람이 불 땐 케냐 AA가 좋더군요.

우울할 땐 예가체프가 좋지요.

분위기를 잡고 싶을 땐 과테말라를 마셔요.

새로운 것이 마시고 싶을 땐 온두라스가 맛나지요.

평소에 좋아하는 건 흙맛이 나는 만델링이구요.

현실을 바로 잡고 싶으면 공정무역 커피를 마셔요.

머리가 아플 땐 마시지 않는 것이 좋아요.

그리고 비가 올 땐 카푸치노.

이유는 잘 모르겠어요.

비가 오면 무조건 카푸치노를 마십니다.

우리의 대화와 시간이 고스란히 담겨 있다.

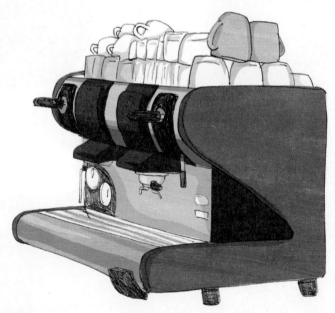

제리코에 있는 빨간 커피머신 위에는

찻잔이 수북이 놓여 있다.

어쩐지 위험해 보여 걱정했더니

원래 찻잔을 놓는 자리라고 한다.

머신의 본체 위쪽에 열선이 있어서 워머의 역할을 한다는 것.

커피의 생명은 온도이기 때문에

커피잔은 늘 따뜻하게 데워져 있어야 한단다.

대부분의 찻잔 바닥은 굽이 있거나 안쪽으로 휘어 있어
테이블에 놓았을 때 바닥이 닿지 않게 만들어져 있다.
이는 차의 온도를 유지하기 위함인데 소서saucer(차 받침)가 있는 경우
소서에도 굽이 있으면 이중의 보온 효과가 난다.
가끔 앤티크 찻잔 중 다리가 달린 놈을 보곤 하는데,
이 역시 온도 유지가 목적이 아니었을까 싶다.
찻잔은 오직 차의 맛과 향과 분위기를 위해 치밀하게 설계된
발명품이니까.

커피, 책, 꽃.

백수의 아우라를 완성해줄 3종 세트를 드립니다.

몸은 마감에 쫓길지라도 마음만은 늘 여유롭게.

아울러 꽃은 볕이 잘 들면서도

강아지의 마수를 피할 수 있는 곳에 두시길.

마감녀 드림

선배 마감녀에게 받은 백수 3종 세트와

마음이 담긴 카드.

늦은 밤 11시. 백마담에게서 짧은 문자가 왔다.

'SOS'

걱정이 되어 개를 끌고 제리코로 뛰어갔더니

술 취한 남자 하나가 손님이 없는 제리코에서 난동을 부리고 있었다.

개가 미친 듯 짖으며 달려들자

주정뱅이는 그제야 기가 죽어 가게를 나갔다.

백마담은 몹시 우울해 보인다.

SOS 문자를 받은 제리코 사람들이 하나둘 모여들었지만

그녀에게는 위로가 되지 않나보다.

남자친구가 절실하게 필요한 날이다.

노엘이 5일간 유치장 신세를 졌다고 한다.

잠시 취업했던 학원 원장의 무책임함으로 졸지에

불법체류자가 되어 강제 추방을 당할뻔 했단다.

여성스럽고 깔끔한 노엘이 유치장에서 지냈다니

상상할 수 없는 일.

노엘은 아직도 분이 풀리지 않는지

시켜놓은 커피는 입에도 대지 않은 채 파르르 떨고 있었다.

다행히 추방은 면한 듯하지만 비자 문제로

유럽에 다녀오는 수고를 해야 한다.

몇 개월 만에 겨우 취업한 곳에서 이런 일이 터져

마음의 상처가 큰 모양이다.

어쩌면 한국을 떠나 일본으로 갈지도 모른다고 했다.

하지만 이야기를 하는 내내 강조했다.

자신을 곤경에 빠뜨린 그 여자는 너무나 밉지만,

그렇다고 한국이 싫어진 건 아니라면서.

커피를 마시려 했을 뿐인데,
그리 뜨겁지도 않은 물을 부었는데
금이 짝 갔다.
정든 내 머그잔에.

머그mug란 손잡이가 달린 원통형의 잔을 말한다.

대형 커피 체인점에서 사용하면서

소규모의 커피 전문점에도 보급화되었다.

머그의 가장 큰 장점은 형식 없이 음료를 즐길 수 있다는 것인데

커피, 우유, 핫초콜릿 등 어떤 음료와도 잘 어울린다.

물이나 주스 등의 찬 음료는 투명한 유리잔에 어울리지만,

따뜻한 음료에 한해서는 머그만큼 캐주얼한 잔은 없다고 생각한다.

머그는 일자형, 안쪽으로 곡선이 들어간 장구형,
바깥에서 곡선이 들어간 곡선형이 있는데
이중 장구형은 내부의 열 손실이 가장 적고
입술을 대고 커피를 마실 때의 느낌이 가장 좋다고 한다.
일자형의 경우 오래 두고 마실 수 있도록 뚜껑이 있는 것이 많지만,
개인적으로는 덮어놓고는 까먹는 일이 다반사라서
뚜껑은 잘 사용하지 않는다.

어느 순간 커피의 향을 맡게 되고
커피의 맛을 알게 되고
커피의 원산지를 구분하게 되더니
이제는 커피의 취향까지 생겨버렸다.
이쯤 되면 누가 커피를 내렸는지까지 구분하니
카페의 입장에서는 정말 귀찮은 일일 거다.
이렇게까지 까다로운 손님이 있어서야
피곤한 일일 테지.
백마담의 입장에서는.

코파카바나 부부가 이곳을 떠나신다.
부부는 새로운 곳으로 가시며
마감녀에게는 빨래건조대와 책을,
내게는 산세비에리아와 액자와 찻잔을,
백마담에게는 DVD 플레이어를 넘기셨다.

언제 또 볼지 모르겠다.
하지만 할아버지 할머니가 되어 만나도
한 손에는 기타를, 한 손에는 책을 들고
우리를 낄낄 웃게 해주실 그분들이
벌써 선하게 그려진다.

마감녀에게 문자가 왔다.

'딸기타르트에 커피 어때요?

일 때려치우고 오세요. 저도 아직 마감 멀었어요.'

일말의 망설임도 없이 연필을 놓고 뛰쳐나갔다.

나를 움직이게 했던 건 딸기타르트가 아니라

'저도 아직 마감 멀었어요'라는 검은 메시지.

그 흔한 꽃놀이 한 번 가보지 못했다.

올해도 그냥 넘겨버렸지만

이렇게라도 위안을.

입구가 넓은 잔은 공기와 닿는 면적이 넓어 향을 즐기기 좋다.
공기와 접촉해야만 느낄 수 있는 화학적 반응인 '향기'를
더욱 잘 느끼게 하도록 음료와 공기의 표면적을 넓힌 것이다.
그만큼 빨리 식을 수는 있지만 미각의 부족함을
후각과 시각이 채워주고도 남는다.

홍차를 담을 때에는 화려한 꽃무늬잔을 많이 쓴다.
때론 잔의 바닥에도 무늬를 넣어
차 안에 꽃이 담긴 듯한 느낌을 더하기도 한다.
향을 위해 넓게 제작된 잔은
차를 마시면서도 잔 안을 들여다볼 수 있어,
후각과 미각뿐 아니라
시각까지 만족시키는 예술품이라 할 수 있다.

맛의 미각 분포도 때문에 커피잔과 홍차잔의 모양이
다르다는 설이 있었다. 커피잔의 입구가 좁은 것은
커피를 마실 때 혀 양옆의 신맛을 느끼지 않게 하기 위해서라는.
하지만 미각 분포도는 잘못된 학설이라는 것이 밝혀졌다.
커피잔이 좁은 건 그만큼 온도가 중요하다는 것이고,
홍차잔이 넓은 건 향기를 더욱 잘 느끼게 하기 위함이다.

결국 노엘은 일본으로 떠나기로 했다.

얼마 전 경험한 유치장의 끔찍한 기억이 이유이겠지만,

일자리가 없는 이곳에서 더는 백수로 지낼 수는 없었다.

노엘과 헤어지며 굿바이 인사를 하고 돌아서니

꽤나 멜랑콜리한 기분이 되었다.

다시 보지 못할 거라 생각하니 어쩐지 묘하다.

이별은 역시 슬픈 거구나 싶다.

요즘은 불이 꺼진 제리코 안에서
백마담과 기타 연습에 여념이 없다.
백마담은 '못 쳐도 좋은 곡을',
나는 '칠 수 있는 곡에 최선을'이라는
각각의 기타 철학을 가지고 있다.
때문에 나는 백마담에게 '잘 좀 쳐보라'고,
백마담은 내게 '트로트 좀 그만 치라'고 짜증을 낸다.
오늘은 마감을 끝낸 마감녀가 슬며시 들어와 구경하더니
'둘 다 못 들어주겠으니 족발이나 시켜먹자'며
연습을 중단시키고는 한턱냈다.
이거 참 괜찮은 밤이다.

요맘때다. 장마철이었고, 더웠다.

1년간 모은 돈을 들고 런던행 비행기를 탔다.

한국이 아니라는 사실 하나만으로도 좋았다.

그리 많지도 않은 나이, 나는 무엇에 쫓기고 있었던 걸까?

얼마간 머물렀던 홈스테이 아줌마는 고약했다.

근사한 영국식 아침식사는 고사하고 일주일에 한 번

작은 냉장고에 식빵 반 봉지와 우유 한 병을 넣어두었을 뿐이다.

때때로 피라미드 모양의 티백 홍차를 갖다놓기도 했었는데,

그럴때면 영국의 황실차라도 되는 듯 몇 번이고 우려 마시곤 했었다.

주인아줌마가 외출이라도 하면 몰래 넓은 주방을 구경하곤 했다.

장식장 안의 오묘한 그릇들이 그리 예쁘고 얄미울 수가 없었다.

유일하게 나와 놀아주던 그 커다란 개조차 그렇게 얄미울 수 없었다.

6월의 저녁,
어느 시인과 마주 앉아 이야기를 하고
집으로 돌아오는 길.
밤바람이 참 좋다.
슬며시 지어지는 미소만큼
어쩐지 공허한 날씨이지만.
계속 이런 밤바람을 선사해준다면
마음 깊이 환영할게,

여름.

조가 옆집 로렌스 할아버지의 서재에 들어가는 순간을 기억한다.

나도 그런 방이 갖고 싶었다.

해가 잘 드는 창과 드나들 수 있는 작은 문을 빼면

모든 것이 책으로만 빼곡히 채워져 있는 그런 방.

이사하면서 가장 행복했던 건 작은 소파가 생긴 것과,

제대로 된 책장을 가질 수 있다는 거였다.

로렌스 할아버지의 서재처럼 되기에는 아직 많이 부족하지만

책을 채워넣을 공간이 생겼으니 이보다 행복할 수가 없다.

해가 잘 드는 나의 작은 거실에는

작은 텔레비전과 작은 티테이블,

2인용 소파,

한쪽 벽면을 가득 채운 책꽂이가 있다.

그것이 무엇이건
잠시나마 삶을 벗어던질 수 있다면
일탈이 필요한 이들에게 이보다 큰 위로가 있을까.
올해 초, 이별을 핑계 삼아 제리코에서 가졌던
도피의 시간들처럼.
맛 좋았던 커피나,
조용히 흐르는 음악이나,
내 무릎에 앉아 쉬던 카페의 작은 강아지나,
옆 테이블 손님과의 대화 같은 것들이
나를 삶 밖으로 초대해주었고,
어느덧 이곳은 내게 현실 밖의 공간이 되어버렸다.
바에 앉아 조용히 뜨개질하는 백마담을 보며
몇 번이고 되뇌었다.

고맙습니다.

'미에코 언니한테 예쁜 그릇이 많아요.'

백마담의 귀띔을 받고는 염치 불구하고 미에코 상의 집에 찾아갔다.

찬장에서 그릇을 꺼내어 그릇에 담긴 그녀의 이야기를 들었다.

때때로 애정이 담긴 물건은 그 삶을 대변하기도 하나보다.

그녀가 가진 그릇들은 심플한 멋이 있어

어떤 음식과도 잘 어울리며 아주 단단해 보인다.

맑은 무채색의 그녀를 꼭 빼닮았다.

그릇에 열중하던 미에코 상이 갑자기 방에 들어가
거대한 인형 하나를 가지고 나왔다.
일본의 어느 가게에서 이 계란귀신을 발견하고는
신이 난 그녀의 모습이 눈에 보이는 듯하다.

미에코 상의 집에 있는 티코지tea cosy는 정말이지
우스꽝스럽게 생겼다. 백마담과 함께 그 펭귄 티코지를 비웃자
미에코 상은 '웃기게 생겨도 성능만은 최고'라며
비싼 중국차를 우려 펭귄에게 품게 했다.
티코지란 워머의 역할을 하는 티팟 덮개인데,
이것을 씌우면 아주 오랫동안 차의 온도가 유지되어
여유로운 티타임을 즐길 수 있다.
우리나라 티코지는 구하기 쉽지 않아 대부분 수입 제품을 쓰거나
직접 손으로 만들어 사용하고 있다.
그녀의 말대로 이 우스꽝스러운 펭귄의 성능은 정말 훌륭해서
한 시간이 넘는 세 여자의 수다에도 차의 온도와
향을 그대로 유지해주었다.

미에코 상의 펭귄이 품고 있던 차에서는 정로환 냄새가 났다.

처음 향을 맡는 순간 그 고약한 냄새에 얼굴을 찌푸렸지만,

신기하게도 물과 만나니 정로환맛이 사라져버렸다.

음미할수록 빠져들어 계속 찾게 되는 묘한 맛이었다.

랍상소우총lapsang souchong이라는 이 차는,

점차 강한 향과 맛을 원하는 영국 차 상인들의

구미를 맞추기 위해 편법으로 제작되었다.

만들어진 차에 점점 강한 향을 부착시켜 팔다가

오늘날 정로환향이 나는 홍차가 탄생한 것이다.

영국인들은 아직도 과시용으로 이 랍상소우총을 마신다고 하지만,

점차 찾는 수요가 줄어들어 현재는 구하기 쉽지 않은

비싼 차라고 한다.

백마담과 나는 자꾸만 손이 가는, 이 마약 같은 차에 푹 빠져

화장실을 들락거리면서도 쉴 새 없이 마셔댔다.

컴퓨터를 뒤적이다 몇 년 전의 유럽 여행 사진을 발견했다.

좋은 사진은 없었지만 좋은 기억이 떠올랐다.

혼자 하는 여행이었지만 두렵지도 외롭지도 않았다.

사진 속의 나는 젊고 호기심 가득하고

행복을 즐기려 애쓰고 있다.

마치 다른 사람 같았다.

사람이 다니지 않는 주차장 부근의 제리코.

단골들에게는 더할 나위 없이 따뜻하고 조용한 공간이지만

백마담이 감당해야 할 짐은 점점 커지나보다.

그녀의 한숨이 늘어만 간다.

땀을 흘리니 조금 낫다.
그래 그럴 줄 알았어.
땅을 밟고, 풀 냄새를 맡고, 하늘을 보고,
개와 함께 호흡을 맞추어 뜀박질을 하고
집에 돌아와 샤워를 한 후
뜨겁고 향이 진한 커피 한 잔을 내려 마시면
가슴이 시원해질 줄 알았어.

노엘에게서 메일이 왔다.
매주 일본인 아줌마들과 티타임을 가지며
프랑스어 가르치는 일을 구했다고 한다.
노엘은 나의 개와 제리코 백마담의 안부를 물으며
한국이 그리워 미치겠다고 했지만
도쿄의 생활도 어쩐지 즐겁게 느껴진다.

오늘도 커피가 아니라 물통의 물을 마셨다.

마셔본 사람은 잘 알겠지만

붓을 빤 물은 참 맛이 없다.

커피에 붓을 빨지 않은 것에 안도하며

커피로 입가심을 했다.

텔레비전을 끄니 이제야 창밖의 빗소리가 들린다.
비가 오는 핑계로 간만에 아주 진한 커피를 내렸다.
분위기 잡고 마시려고 했는데 쓰기만 하고 영 맛이 없다.
언젠가 제대로 된 커피를 배워야지.
드립은 물론이고 머신까지.

아침 일찍 일어나 라디오를 들으며 마감중.
'술에 취해 장모님께 멧돼지라고 했는데 아직 화가 안 풀리셨어요.
장모님 사랑해요.'
뜨거운 커피를 마시던 중 사연을 듣고
정신을 놓아 입안이 홀랑 데였다.
아침부터 모양 빠지게 껄껄 웃어대
나중에는 혼자 머쓱해질 지경까지.

백마담의 호박수프는 정말 근사하다.
짙은 노랑 색깔도 근사하고
입안에서 씹히는 베이컨의 식감도 근사하고
짙은 육수에서 느껴지는 풍미도 근사하다.
무엇보다 착한 가격과
가난한 이들에게 맛난 것을 먹이고 싶어 하는
그녀의 마음이 정말 근사하다.

노엘의 부탁으로 그의 친구 마틴Martine의

서울 가이드를 하기로 한 날.

마틴은 케나다 퀘벡에 살고 있는 노엘의 베스트 프렌드로

지금 아시아 투어중이다.

일본과 제주도를 거쳐 막 서울에 도착한 그녀를 만났다.

함께 숙소에 짐을 풀고는 인사동과 그 부근의 궁궐을 둘러보았다.

오후 즈음에는 지친 발도 쉴 겸 근처의 카페에 들어가

그녀는 탄자니아를, 나는 팥빙수를 주문했다.

어라, 그런데 이 여자 보게나.

자신의 커피는 거들떠보지도 않고 내 팥빙수에

연신 숟가락을 들이밀며 원더풀을 외친다.

〈서양골동과자점 앤티크〉라는 한국 영화를 봤는데,

거기에서도 이런 메뉴는 보지 못했다며,

이렇게 맛있는 건 처음 먹어본다고 했다.

마틴은 서울에 며칠 더 머무르다 강릉으로 떠날 예정이다.

부디 열심히 받아 적은 Pat-bing-su로

그곳 카페에서도 팥빙수를 주문해 드시길.

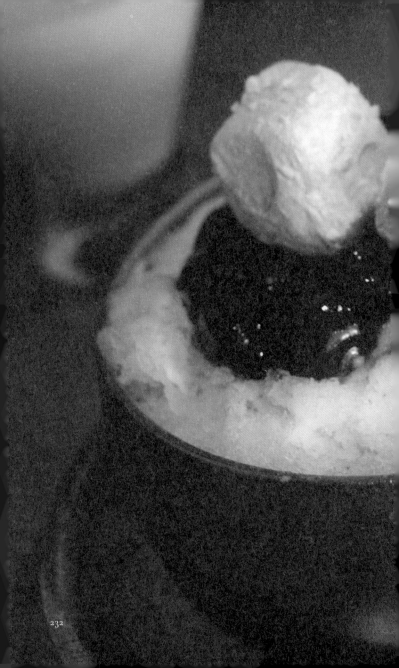

자정이 지난 호수공원은 조금 무서웠다.
집에 돌아와 샤워를 하고 옷을 갈아입었다.
목이 조금 아픈 것 같아 레몬차를 진하게 우렸다.
컴퓨터 앞에 앉아 일기를 쓰고 가계부를 정리한다.
좋아하는 음악을 들으며 기타를 치는 상상도 한다.
마감이 끝나면 할 일, 입금이 되면 살 것,
시간이 나면 갈 곳, 몇 가지 기분 좋은 상상을 했다.
마음이 편안해지고 기분이 좋다.
상상이 지나쳐 가끔 망상이 되지만
소박하건 허황되건 꿈은 참 좋다.

마감녀가 마감을 끝냈는지 백마담과

제리코 사람들을 집으로 초대했다.

그릇과 잔을 꺼내어 일본식으로 테이블 세팅을 하는데

어찌나 예쁘고 분위기 있던지.

특히 손에 착 감기는 크기의 잔들이 너무나 인상적이다.

마음에 들어 물으니 일본에 있을 때 100엔 숍에서 구입한 것들인데

차를 담아 마시기도 하지만 메밀국수를 먹을 때 쓰기도 한단다.

우리는 마감녀의 닭요리와 함께 이 잔에 와인을 따라 마셨다.

일이 없는 오늘,
제리코 가든에 앉아 책을 읽었다.
소심하게 부는 여름 바람을 맞으며
책 반 권을 읽어내려가는 내내
기분이 아주 좋았다.

가을,

9월.

이름 하여 가을.

아직도 땀이 삐질삐질 솟아나지만

그래도 어쨌건 명색이 가을.

묵직한 변화의 바람이 불어오고 있다.

아직 여름이 맡기에는 낯선 설렘의 바람.

백마담과 함께 커피 도시인 강릉으로 취재차 여행을 간다.

로스팅은 물론 핸드드립의 장인이 있는 곳이라니

바닷바람을 맞으며 마실 커피 생각에 가슴이 뛴다.

강릉의 바다를 담을 카메라와 스케치북,

커피 공부를 위한 노트와 펜,

짬이 날 때마다 읽을 책 한 권과 기타를 챙겼다.

그곳에서 보내는 시간이 삶의 영양분이 되길.

커브를 돌아 골목으로 들어서는 순간
'브라이턴Brighton이다!' 외쳤다.
작은 가게들이 늘어선 바닷가의 좁은 길과
조금은 어설프게 놓여 있는
테트라포드 Tetrapod(파도를 막아주는 콘크리트 블록)까지
영국 남부의 브라이턴을 쏙 빼닮았다.
커피 여행에서 이런 의외의 수확을 얻을 수 있게 되다니,
가슴이 벅차다.
사천 바닷가 바로 앞에 있는 커다란 카페에서는
순정만화에서 튀어나온 듯 하얗고 예쁜 사장님이
백마담과 나를 기다리고 있었다.
그녀는 우리를 위해 근사한 테이블을 마련해주었다.
로스터리에서 흘러나오는 커피 볶는 향과
바다의 파도 소리와 여름밤의 바람이
우리를 더할 나위 없이
평온한 가을로 인도하고 있었다.

백마담이 소개해준 바닷가 카페의 사장님은 수집가였다.

각종 핸드밀과 아름다운 앤티크 찻잔!

카페에는 그녀만큼이나 아름다운 수집품들로 그득했다.

이런 행운이!

이 카페에는 유독 셸리Shelley의 찻잔이 많았다.

셸리는 아르누보를 대표하는 영국 도자기로

지금은 사라진 브랜드이다.

없어진 지 오래되다보니 수량이 부족하지만

미국과 호주 등지에서 인기가 많아 고가에 거래되고 있다.

셸리의 특징은 무엇보다 가녀린 느낌이 들 정도의

얇은 본차이나 재질과 우아하고도 화려한 잔의 셰이프이다.

로맨틱한 무늬 또한 셸리만의 색깔인데

홍차와 정말 잘 어울리는 잔이 아닐까 싶다.

이곳 여사장님과 너무도 닮은 셸리.

그녀가 셸리 찻잔을 잔뜩 수집한 이유를 알 것 같다.

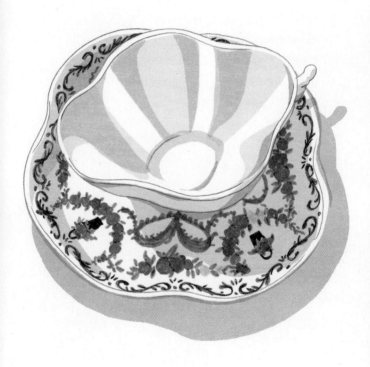

해운대는 아직도 사람과 쓰레기로 넘쳐난다는데
동해의 이곳은 참 조용하다.
몇 커플이 분위기를 잡고 있는 해변에
들고 갔던 책을 베고 잠이 들었다.
펴보지도 않은 책은 자기가 바닷가에 있었다는 걸
굳이 증명하겠다는 듯 울룩불룩 울어버렸다.
연습이나 해볼까 하고 기타를 챙겨왔지만,
아직 연주라 부르기 민망한 나의 기타는
조용한 해변에는 도대체가 어울리지 않는다.
백마담이 나를 부르러 왔다.
티타임 준비가 끝났다면서.
부스스 일어나 모래를 털고
책과 기타를 챙겨 차를 마시러 간다.
사장님의 어머니가 매일 만드신다는
끝내주는 디저트를 먹으러 가야지.

특별히 바리스타의 공간에 초대되어 커피 이야기를 듣고
그가 내려주는 커피도 마셨다.
정성스레 천천히 내리니 바디감이 더없이 훌륭하다.
특별히 아끼신다는 에르메스잔에 페루 커피를 담아주셨다.
공정무역 커피만을 취급해 조금 비싸다고는 하지만,
서울의 카페보다는 착한 가격이다.

에르메스 Hermes

패션뿐 아니라 테이블웨어에까지 진출한 에르메스는
170여 년의 역사를 지닌 세계적인 브랜드로 명성이 높다.
에르메스가 테이블웨어 사업을 시작한 건 1987년부터인데,
패션 부문에서 쌓은 노하우와 감각으로 빠르게 신장세를 보이며
소비자들을 사로잡고 있다.
특유의 세련된 패턴과 색감은 우리의 눈을 자극하기에 충분하다.
지극히 개인적인 생각이지만, 에르메스잔은 홍차보다는
커피를 담아 마실 때 더욱 아름다운 조화를 이루는 것 같다.

사천을 떠나 주문진으로 왔다
이곳에서는 또 다른 커피의 향이 났다.
조금 더 히피스럽다.
해는 조금 더 뜨겁고 하늘은 조금 더 높았다.
커피는 조금 더 짙다.
나는 조금 더 자유로워진 것만 같다.

왜 커피의 장인들은 강릉으로 모여든 걸까?
높고 파란 하늘과 시원한 바닷바람을 맞으니
알 것도, 모를 것도 같다.
실력이 좋아서 강릉에 온 건지
강릉에 와서 실력이 좋아진 건지
이곳의 커피가 원래 맛있는 건지
강릉에서 마시기 때문에 맛있는 건지
알 것도, 모를 것도 같다.

내일이면 다시 일상으로 돌아간다.
여전히 책장은 한 장도 넘기지 않았고
기타는 짐만 되었지만
나의 스케치북과 일기장에
강릉을 한가득 담아간다.

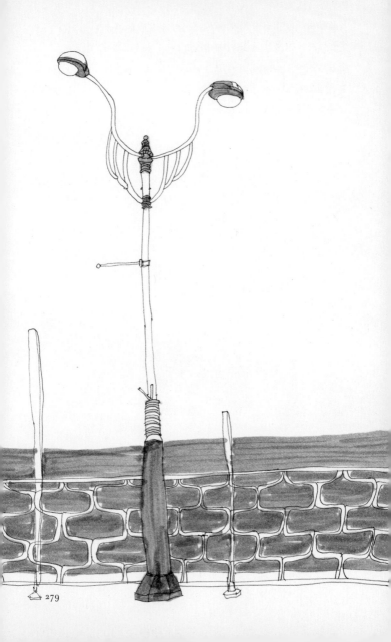

여행을 마치고 부모님 댁에 와서 엄마와 티타임을 가졌다.

촌스럽게만 보였던 이 잔이 예뻐 보인 건

밥을 짓다가, 설거지하다가, 청소하다가, 빨래하다가

틈틈이 식은 다방커피를 홀짝이며 쉼을 갖는

고단한 엄마를 떠올린 후부터다.

커피 전문점이라는 것이 막 생길 무렵.

친구와 호기심에 들어가 메뉴판에서 가장 그럴듯해 보이는

음료를 골라 주문했다.

에스프레소.

사장님은 어린 너희가 마시기에는 너무 쓰다 경고하시며

냉장고에서 하얀 약수통을 꺼내어 에스프레소를 따르기 시작했다.

약수통에서 나오는 커피라니 지금 생각하면 경악할 노릇이지만,

당시에는 달콤하기 그지없는 이름을 가진 에스프레소가

내뿜은 쓰디쓴 맛에 엄청난 배신감을 느꼈을 뿐이다.

불량 생두를 하나하나 골라내어
정성스럽게 볶는 로스터의 마음과
갈아놓은 커피에 가늘고 촘촘하게 물을 부어
내려오는 커피를 기다리는 바리스타의 마음과
예쁜 잔에 담긴 깊은 커피를
눈으로, 코로, 입으로 음미하는 나의 마음까지.
강릉에 다녀온 후로는
커피 한 잔에 담긴 마음들을 생각하게 된다.

커피 학원 일일코스에 등록해 로스팅과
핸드드립의 기초를 배웠다.
직접 볶은 커피를 집에 가져와 배운 대로 내려 마셨지만
나의 실력은 정말 형편없는 듯하다.
하지만 맛이야 어쨌건 볶은 콩을 갈았을 때의
그 황홀한 커피향이란!

백마담이 애지중지하는 새싹에
한 손님이 담배를 비벼 끄는 어마어마한 사건이 일어났다.
게다가 제리코는 금연인데 말이다.
고맙게도 새싹은 무사하지만
그 손님, 생각할수록 무례하다.
바깥에 버젓이 재떨이가 있는데도!

차갑고 묵직한 아이스크림이
뜨겁고 진한 에스프레소에 녹아
서걱서걱 진득한 덩어리가 되던
모습이 잊히지 않는다.
처음으로 아포가토를 먹던 날.

더는 다치지 않기 위해
잡았던 것을 가만히 내려놓아야 하는 걸까.
더 아프더라도 모르는 척 버텨야 하는 걸까.
그렇지 않아도 퍽퍽한 삶에 더해지는
사람들의 정답 없는 딜레마.
백마담은 요즘 고민이 많은 모양이다.

노엘에게서 메일이 왔다.

'세연, 나 피앙세가 생겼어.

이제 다시 유럽으로 돌아갈 거야.

다음 주에 한국에 가니까 함께 보자.'

응? 뭐라고? 피앙세?

혹시 일본남자일까?

일본으로 떠났던 노엘이 돌아왔다.

그의 '그'가 아니라 '그녀'와 함께.

노엘은 입가에 수줍은 미소를 지우지 못하며

밝고 활기찬 그녀를 소개했다.

상상했던 일본남자가 아닌 지극히 여성스러운 한국여자.

함께 파리로 가서 게스트하우스를 운영할 계획이라고 한다.

그녀와 함께 미래를 이야기하는 노엘에게서 빛이 났다.

잠시 속삭이러 나간 그들의 빈자리마저 행복해 보인다.

노엘에게 향했던 나의 편견이 너무나 부끄럽다.

노엘. 내가 아는 사람들 중 가장 소심하고 섬세한 사람.

하지만 변화를 두려워하지 않는 용기 있는 사람.

한국을 사랑하고 한국의 문화와 역사를 이해하려 애썼던 외국인.

비록 이곳에서 머문 시간과 서로를 알게 된 시간이 길지는 않지만,

프랑스로 가더라도 keep in touch 합시다.

다정한 말 한마디 없이

그저 무뚝뚝하기만 한 그가

다디단 에스프레소 콘판나를

즐기는 모습이 무척 미웠다.

나에게는 그토록 아끼는 달콤함을 누리는 모습이 너무나 미웠다.

왜 이제야 이런 기억이 나는 걸까.

아마도 다정한 커플을 보았기 때문일 테지.

제리코가 쉬는 월요일.

블라인드가 내려진 조용한 카페에서 그녀와 마주 앉았다.

백마담의 센스 있는 앤티크 커피잔에는 진한 만델링을,

아줌마 고객을 위해 구비했던 노리다케 접시에는 크루아상을 담아

오붓한 티타임을 가졌다.

그녀는 이제 마음의 결정을 하려 한다.

순간 제리코 사람들의 얼굴이 하나씩 지나갔다.

밤 열 시 반쯤,
산책으로 동네를 어슬렁거리다 골목 한구석에 붙어 있는
앤티크 숍을 발견했다.

일주일간 유럽으로 출장 갑니다.
더 좋은 물건으로 여러분을 찾아뵙겠습니다.
포르투갈의 담백한 커피도 맛보실 수 있습니다.

주인장의 메모가 붙어 있는 빈 가게에는
전구 몇 개가 켜져 있어 안을 들여다볼 수 있었다.
에든버러에서 내 최고의 천국이었던 벼룩시장,
주일마다 나를 앨리스로 만들어주던 Car boot Sale,
혼자였어도 절대 외롭지 않았던 그 시간들이 떠올랐다.
마치 성냥팔이 소녀처럼 꿈을 꾸듯 안을 훔쳐보며 서 있었다.

311

주말 아침이면 변두리 벼룩시장으로 산책을 나갔다.

패턴이 아름다운 러그, 옛 주인의 이름표가 붙어 있는 가죽가방,

빈티지 옷들과 액세서리, 심지어 흑백 사진이 잔뜩 들어 있는

옛날 앨범까지 나와 있곤 했다.

영국의 벼룩시장은 단지 쓰던 물건만 나오는 곳이 아니다.

수년 전의 물건부터 수백 년 전의 물건이 즐비하게 놓여 있는

그곳은, 영국의 역사이고 숨결이었다.

그중에서 나의 관심을 끈 것은 단연 찻잔이었다.

수백 년의 역사를 담은 노련하고 견고한 찻잔을 바라보며,

이제는 나의 시간을 담을 차례라 생각했다.

석회가 많은 영국의 수질은 미네랄이 많아
차 특유의 떫은맛이 잘 우려지지 않는다.
차의 맛을 부드럽게 해준 이 화학적 반응이
영국인들의 기호와 잘 맞아떨어져 차의 보급이
활성화되었다고 한다.
차의 맛을 결정하는 데 있어 온도뿐 아니라
수질도 큰 영향을 미친다는 것인데,
물이 이렇다 하니 차를 담아 입으로 직접 전달하는
찻잔이 미치는 영향은 말할 것도 없지 않겠는가.
잔이 깊은지 얕은지, 두께가 두꺼운지 얇은지,
입구가 넓은지 좁은지, 굽의 높이는 어떠한지,
소서는 있는지 없는지……
이 모두가 맛과 향에 영향을 준다.
이 섬세한 화학작용을 예술로 끌어올리는 것이
차를 끓이는 이의 몫인 것이다.
손님을 정성스레 대접하는 마음으로 말이다.

식민지인 인도와 실론에서 대규모로 차를 재배하게 된 후
영국인들은 싼값에 차를 구매할 수 있게 되었다.
노동자 계층에도 전파되어 오후에 차를 마시는 습관이
대중화되기 시작했는데,
술을 멀리하는 종교적인 분위기에
상류층의 생활을 동경하던 마음까지 더해져
차는 어느덧 영국의 문화로 자리 잡았다.

중국의 영향으로 만들어진 그릇이니만큼
초기의 찻잔에는 손잡이가 없다.
하지만 손잡이가 없는 잔에 차를 따르면
뜨거워 들고 마시기 어렵기 때문에
차를 식히기 위해 소서에 조금씩 옮겨 붓고 마셨다.
워낙 귀한 차이기 때문에 아껴 마시려는 이유도 있었다고 한다.
손잡이가 있더라도 손가락을 거는 것이 아니라
엄지와 중지로 손잡이를 잡고 검지로 손잡이의 위쪽을 눌러
가볍게 지탱해 찻잔을 들었다.
18세기 귀족들의 티타임을 그린 옛 명화들을 보면
잘 알 수 있다.

마이센Meissen은 유럽에서 처음으로 도자기를 구워낸
독일 작센의 가마이다.
중국에서 들여온 자기를 모방하기 위해 만들어졌으나,
그 과정에서 현지의 취향과 유행에 맞게 변형되며
유럽 최고의 자기로 자리 잡았다.
마이센의 그릇들은 중국 명나라의 색과
유럽 로코코 양식이 섞여 있어 묘한 느낌을 준다.

헝가리에서 1860년대에 만들어진
이 찻잔은
목단을 보면 알 수 있듯이
중국 찻잔과 많이 닮아 있다.

1800년대에 만들어진 영국 찻잔.
역시 중국의 꽃과 바위 등을 그대로 담았다.

1800년대 영국 찻잔으로

중국 자기의 꽃을 정확하게 따라하고 있다.

그 밖에 청록색과 살구색을 적절히 사용해

중국적 풍취를 많이 풍기는 아름다운 작품이다.

언젠가 발견했던 앤티크 숍 주변을 서성이다가
근사한 노리다케 티세트를 발견했다.
쇼윈도에 딱 붙어 안을 본다.

'그리운 사람이 왔어요.'

백마담의 문자를 받자마자 하던 일을 멈추고 제리코로 뛰어갔다.

당연하지.

기대에 찬 미소를 머금고 달려간 제리코에는

한결같은 코파카바나 부부가 앉아 있었다.

반년 만인데도 언제나 파란 해변 같은 그들.

마감녀 역시 나와 같은 미소로 제리코 안으로 뛰어들어왔다.

사랑 이야기는 언제나 흥미진진하다.

짝사랑도 좋고 현재진행중인 사랑도 좋지만

가장 귀를 쫑긋하게 하는 것은 이미 지나가버린 옛사랑이다.

누군가의 마냥 아름답지만은 않았던 사랑 이야기에 몰입하다보면

'나도 그랬었어'라며 구질구질하고 추접스러운 나의 과거를

귀엽게 포장하여 떠올릴 수 있기 때문인지도 모르겠다.

기타 연습을 하다 말고는 그녀의 옛사랑 이야기에 빠져

정신이 없다.

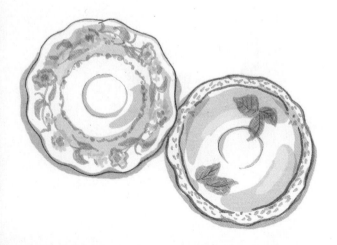

오전 11시 47분.
차가울 거라 예상했던 실내는
아침 내내 그득히 받아둔 햇빛 덕분에
따스한 온기를 그대로 품고 있다.
이 깊숙이 들어오는 햇살을 보니
백마담이 이곳을 선택한 이유를 알 것 같다.
오늘 아침 나를 위로해준 이 제리코의 햇살이
아주 오랜 시간 그녀의 마음에 함께하길.

겨울로 넘어가기 직전의 가을은 꽤나 근사하다.
울긋불긋한 나뭇잎은 비유할 형용사를 찾지 못할 정도다.
낮고 커다란 해는 나뭇잎을 더욱 선명하게 비추며 우아하게
넘어간다. 바닥에 깔린 낙엽은 맛있는 소리를 내고
개들은 낙엽을 밟으며 신이나 뛰어다닌다.
사람들은 가만히 서서 하늘을 올려다본다.
곧 매서운 겨울이 다가올 것을 아는지라
으슬으슬 조급한 마음도 엄습하지만
이런 근사함이 나에게 더없는 관대함을 선물한다.
오늘은 마음껏 마지막 가을과 함께하는 날.

겨울,

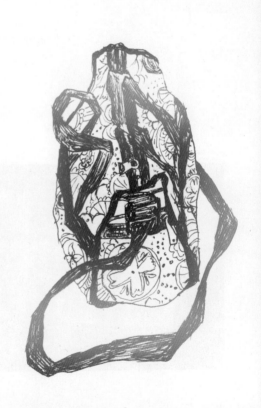

차가운 바람이 불어오기 시작하자
누가 시킨 것도 아닌데
사람들은 하나둘 제리코로 모여들어
뜨개질 삼매경에 빠졌다.

백마담이 조용히 말했다.
'가게가 나갔어요.'
제리코 사람들은 말없이 뜨개질만 하고 있다.
그녀에게는 아무런 도움이 되지 못한다는 걸 잘 알고 있기에.

지난 한 달 동안 제리코의 고별 행사로
매주 인디밴드의 공연이 있었다.
시와, 우주히피, 십센치……
그리고 마지막은 우리들의 시간이다.
제리코의 마지막 파티가 열린다.
제리코 사람들은 이제 파티 준비에 여념이 없다.
이별은 잠시 잊어야지.

cafe Jericho.kr
coffee, food & books
Tel 031 924 7593

엉터리 연주에 엉터리 가사다.

눈을 질끈 감고 큰 소리로 노래를 불렀다.

얼굴은 새빨개졌다.

이 불쌍한 가수를 위한 사람들의 환호성에

창피해 눈을 뜰 수가 없다.

여름 내내 야심차게 준비했던 가을 연주회가

제리코 고별인사가 될 줄이야.

마감녀는 작별의 편지를 읽었고, 써니 부부는 시를 낭송했다.

재주 많은 단골들이다.

오보에를 연주하는 이도 있었고 샹송을 노래하는 이도 있었다.

백마담은 정성스레 테이블을 세팅하고 마지막 서빙을 했다.

제리코 사람들이 모여 긴 이별의 밤을 가졌다.

정말 마지막일까?

아직은 실감하지 못하면서.

마감녀 말대로 마지막 가을비였는지 몰라.

그 비가 지나가고 난 자리에

아직은 감당하기 벅찬 추위가 찾아왔다.

다시 한 번 마지막 인사를 하고 나니 모든 것이 너무 아득하다.

애써 미소를 짓는 백마담을 보며

나도

마감녀도

써니도

미에코 상도

모두들 눈물을 꾹 참았다.

에든버러에 살 때 집에서 5분 거리에

엘러펀트 하우스Elephant House라는 카페가 있었다.

조앤 롤링이 가난했던 시절 『해리포터』를

집필한 찻집으로 유명하다.

근처에 예술대학이 있기 때문인지

유독 작가들로 넘쳐나던 곳이었다.

모두들 차를 앞에 놓고 앉아 그림을 그리거나 글을 쓰곤 했다.

나 역시 그들 옆에 앉아 마치 작가라도 된 듯

이것저것을 끼적이며 주변을 스케치하곤 했다.

홍차를 주문하면 뚜껑이 잘 맞지 않는 하얀 티팟과 인퓨저,

작은 병에 담긴 우유가 함께 나왔다.

가난한 이들이 찾는 곳이었지만 갖출 건 다 갖추었었지.

마감녀가 영국의 기억을 상기시켜주겠다며
애프터눈 티세트Afternoon Tea Set를 사주었다.
아르바이트로 학비를 벌어대는 가난한 유학생이
고급스러운 티세트를 먹어봤을 리 만무하다.
상기할 기억은 없지만 아무렴 어떠한가.
근사한 3단 트레이에 놓인 디저트를 보니
귀족이라도 된 기분이다.

오후의 공복을 견디지 못한
영국 공작부인 안나 마리아Anna Maria의
사치스러운 티타임이 여기까지 전해지다니.

티팟도 잔 못지않게 아름답다.

뿐인가.

인퓨저도, 티스푼도, 블렌더도, 모래시계도.

우아함 그 자체이다.

홍대 근처의 카페에서 아메리카노를 시켰더니
손잡이가 없는 잔에 담겨져 나왔다.
뜨거워 들고 마실 수가 없다.
옛 유럽 사람들처럼 받침에 따라 마실 수도 없는 노릇이고.
손잡이가 있는 컵으로 바꿔 달라 요구했더니
그런 찻잔은 없다고 한다.
예의 없는 카페다.

같은 날 실을 잡은 백마담은
벌써 터키색 모자를 쓰고 다니는데
나의 짙은 감색 모자는
아직 반도 올라가지 못했다.
하지만 현실 도피의 목적이 큰 작업이기에
속도에는 연연하지 않는다.
뜨개도구는 어느 벼룩시장에서 건진
용도 불명의 작은 컵에 꽂아두었다.
이 뜨개컵의 도구들로
외할머니의 조끼, 엄마의 숄,
이모의 모자와 나의 목도리를 떴다.
지금 뜨고 있는 모자를 완성하면
엄마가 주문한 초록색 카디건에 도전해야 한다.

출판사에서 뜬금없이 고구마 한 상자를 보내왔다.
여기저기 나누어주고도 엄청나게 남아서
이것저것 만들어 먹는 중이다.
그제는 고구마 케이크를, 어제는 고구마 호떡을,
오늘은 커피 대신 고구마라테를 만들었다.
맥없는 저 색깔을 책상 위에 갖다놓고서야
그동안 커피를 눈으로도 마셨음을 알게 되었다.

누군가 아파트 단지에 버린 커피잔 세트를
주워다 쓴 지 벌써 7년이 다 되어간다.
컵에 있는 자동차를 보니 어릴 적 재밌게 읽던
〈치티치티 뱅뱅 하늘을 나는 자동차〉가 생각나서 어찌나 좋던지.
그런데 얼마 전 앤티크 숍에서 이것과 똑같은
찻잔 세트를 발견하고 경악을 금치 못했다.
찻잔에 관심을 갖기 시작하면서부터
한국의 많은 그릇과 찻잔의 태반이
카피라는 것을 알게 되었다.
인타깝다.

핸드드립으로 유명한 동네의 한 카페.
선인장이 심겨 있다.
숨쉬기 힘들지 않을까 걱정이 되었지만
커피 뽑는 정성으로 잘 돌보아주시겠지.

제리코를 닮고 상실감에 허우적거리는
백마담과 함께 부암동 나들이를 갔다.
소소한 골목을 걸으며 마음을 환기시켰다.
오래 걸어 지친 발을 쉬게 하며
달콤한 컵케이크까지 먹으니 꽤 행복하다.
백마담은 다음 주에 여행을 떠날 거라 한다.

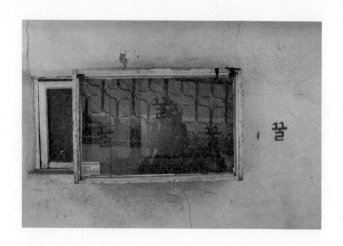

조카가 놀러 오면 내가 갖고 있는
가장 귀여운 잔을 꺼내어
코코아를 타준다.
나의 어릴 적 기억을 더듬어보면
조카의 마음을 읽는 것은
그리 어려운 일이 아니다.

오랜만에 제리코 사람들이 모여 티타임을 가졌다.
지난 공연 사진들을 보며 서로를 비웃고 낄낄거린다.
제리코에서 쓰던 앤티크 찻잔을 꺼내어
어느덧 추억이 되어버린 이야기들을 하나씩 풀어놓았다.

시간은,
인연은,
참 묘하다.

12시가 넘어 스콘을 구웠다.

우유와 함께 뜨거운 아삼을 마시고 싶었지만

혹여 잠이 오지 않을까 싶어

레몬그라스를 옅게 우려 과자와 함께했다.

과자의 맛보다는 집안에 퍼진 과자 굽는 냄새에 황홀할 지경이다.

밤에 잠을 자고 아침에 깨어나는 사람이 되면
이 어두운 새벽을 그리워하지 않게 될지도 모른다.
선선한 새벽바람도
새벽에만 느낄 수 있는 라디오의 멜랑콜리한 매력도,
하염없이 흐르는 새벽 망상도,
아침형 인간이 됨과 동시에 모조리 잊을지 모른다.

대신 나는 건강과 밝은 새벽이슬을 얻겠지만
아직은 구경하지 못한 것이므로
진심으로 갈망하기는 쉽지 않지.

매일매일
녹차, 홍차, 커피를
온몸에 누적시키다보니
언젠가 카페인으로 만들어진
아이를 낳지 않을까 염려가 된다.
우려먹을 수 있을지도 몰라.

커피가 똑 떨어졌다.

동네 커피숍에서 원두 200그램을 사니

서비스라며 싱거운 아메리카노 한 잔을 준다.

커피 한 잔을 앞에 놓고 멍청히 창밖을 바라보았다.

서비스로 과자까지 얻어먹은 걸 보면 꽤 오래 있었던 모양이다.

영하 12도의 추위가 무색하지 않게 사람이 없다.

겨울바람이 버거운지 신호등이 흔들흔들 위태로워 보일 뿐

거리는 한산하기 그지없다.

내가 있는 이곳이 제리코가 아니라는 게 이상하다.

그립다.

백마담이 내려준 짙은 신맛의 아메리카노.

깊은 새벽.

느닷없이 빠각 소리를 내며 기타의 브리지가 떨어졌다.

덜렁거리는 조각을 한참 바라보고 있자니 마음이 복잡해진다.

기타의 주인은 알고 있을까?

뒤늦게 제리코의 단골이 된 손님이

당신의 기타를 넘겨받았다는 걸.

그 기타로 연습을 해 제리코 사람들 앞에서

엉터리 연주를 했다는 걸,

이제 그 기타는 망가졌고

제리코는 사라졌다는 걸.

마치 책장을 덮은 듯

모든 것이 사라진 기분이다.

한 번 떨어진 기온은 돌아올 생각을 않는다.
산책은 생각도 말아야 했지만,
매일 나가는 버릇이 들여진 개에게는
적절한 핑계가 되지 않나보다.
보온용으로 커피 한 잔을 사서 바람이 쌩쌩 부는 호수공원에 갔다.
뜨거운 커피잔에서 입을 뗀 순간
입술에 남은 커피가 바람과 만나 차갑기 그지없다.

아까보다 더 춥다.

차를 마시면 자국이 남는다.
비싼 잔은 잔 가장자리가 섬세한 각도로 되어 있어
커피 방울이 잔의 바깥으로 흐르지 않지만
카페에 있는 대부분의 잔은 그리 고가가 아닌지라
섬세하게 커피잔 입구까지 신경 쓰지는 못하나보다.
하지만 나는 입술에 묻었던 커피가
잔을 타고 흘러내려 말라버린 얼룩을 좋아한다.

내가 이곳에 있었다는 흔적 같다.

내가 정말 좋아하던 제리코의 컵.

백마담이 내려준 커피를 담아 마시면

기분이 좋아지는 그 컵.

아마도 뜨거운 커피에 의지해 버스를 기다렸나보다.

저 멀리서 버스가 오는 것이 보이자

정류장 난간에 황급히 내려놓고 가버린 거겠지.

그 찰나에도 종이컵의 줄을 맞춰놓으며

환경미화원에게 최소한의 예의를 갖추었는지도.

똑같은 옥빛 머그잔을 보자 그 잔에 리코딩되어 있던
추억이 물밀 듯이 올라왔다.
백마담의 짙은 커피가 몹시도 그리워졌다.
쇼케이스 구석에 얌전히 자리하던 카페의 작은 강아지도,
늘 꼭 붙어 다니던 써니 부부도,
늘 바람처럼 다녀가는 코파카바나 부부도,
차와 찻잔 마니아인 미에코 상도,
나의 위안이 되던 또 다른 마감녀도,
밥을 얻어먹으러 출근했던 고양이 손님들도,
난동을 부렸던 주정뱅이와
진상을 피웠던 아저씨 손님까지.
조각조각 내 기억을 맞추기 정신없었다.

춥고 한산해 사람이 없었던 차이나타운.
혹여 깨뜨리기라도 할세라 조심히 다루던
우아하고 섬세한 잔들만 보다가
이렇게 길가에 쌓여 있는 것을 보니
어째 조금 더 생동감이 느껴지는걸.

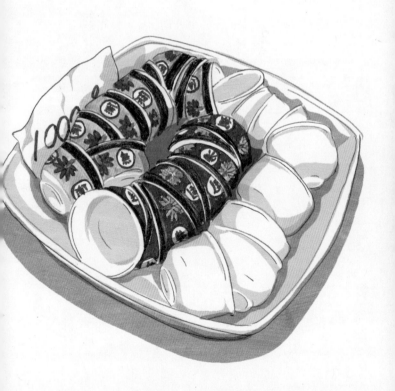

전통찻집에 들어가 극품 철관음을 주문했다.

다기와 다도에 입이 떡 벌어지겠다.

차는 정말 예술인 걸까?

유럽잔의 모태가 된 중국 찻잔은
섬세하고 아름답다.

세연, 선물 잘 받았어.

답장이 늦어서 정말 미안해.

어떻게 지내고 있니?

나와 그녀는 이곳에서 행복한 하루하루를 보내고 있어.

겨울의 파리는 정말 근사하거든.

게스트하우스도 그럭저럭 자리가 잡혀가고 있어.

아직은 손님이 그리 많지 않지만 조금씩 나아지겠지.

지금은 게스트하우스 블로그를 준비중이야.

프랑스어와 일본어로만 되어 있는데 한국어도 추가되면

곧 알려줄게.

내년 여름에는 남쪽을 가볼까 해.

아비뇽과 니스의 중간쯤 되는 곳인데,

그곳에서 일본인들을 대상으로 두 달 정도 홈스테이를 할 생각이야.

네가 시간이 된다면 참 좋을 텐데.

아티스트에게는 최고의 곳이거든.

지난번에 말한 프로젝트는 잘 진행하고 있니?

제리코와 백마담은 잘 있어?

그곳의 고양이들과 너의 개도 건강하지?

내가 준 찻잔은 잘 쓰고 있어? 부디 마음에 들어야 할 텐데.

내년 여름휴가를 마치면 한국에 들어갈 수 있을 것 같아.

네가 그 전에 오면 더 좋고.

파리의 하늘을 보낼게.

제리코 사람들 모두에게 안부 전해줘.

Noel Faust

노엘

그렇지 않아도 연락이 없어서 궁금하던 차였어.

보내준 사진을 보니 나도 내년엔 그곳에 가고 싶구나.

네가 행복한 것 같아서 정말 다행이야.

네가 주고 간 찻잔들은 물론 잘 쓰고 있어.

정말 고마워.

슬픈 소식을 하나 전하자면

겨울이 시작할 즈음 제리코는 문을 닫았어.

백마담이 몇 달의 고민 끝에 내린 결정이었지.

마지막 날에는 제리코를 사랑하던 단골들이 모여서

고별 파티를 하고 다 같이 벽화를 지웠어.

제리코에 있던 벽화 기억나?

백마담이 살던 옥스퍼드 동네를 옮겨놓았던 큰 벽화 말이야.

벽화가 모두 사라지고 하얗게 변해버리니

기분이 정말 이상하더라.

백마담은 여행을 떠났어. 아마 새로운 꿈을 가득 가져올 거야.

코파카바나 부부는 지금 또 다른 나라로

떠날 계획을 갖고 있는 것 같아.

마감녀는 얼마 전 번역했던 책이 출간되기를 기다리고 있어.

미에코 상은 한국무용과 발레에 심취해 바쁜 것 같고,

써니 부부는 개를 입양할 계획을 세웠어.

나는 이제 새로운 작업을 위한 준비를 할 차례야.

너희 부부가 일본인 게스트를 받을 즈음엔

나도 아마 그림을 그리느라 정신이 없겠지.

너의 그녀에게도 안부 전해줘. 내년에 한국에서 보자.

내가 프랑스에 가게 되면 더 좋고.

한국에서, 세연

시간이 더디 가는 일요일.
너무 추워 나가지 않으려 했으나
마음이 시끄러워 견딜 수가 있어야지.

밤 열 시,
개를 끌고 동네 한 바퀴를 돌았다.
커피숍에 들러 커피를 한 잔 마셨다.
순식간에 조용해지는 내 마음.

좋은 것이로군, 커피는.
추운 연말이다.

나는 다 먹고 난 빈 그릇이 그렇게 좋더라.

무엇을 먹으며 무엇을 이야기했는지 보이잖아.

낄낄거리고 징징거리며

그래도 소박하게 미래를 이야기하는

우리의 시간이 보여서 말이야.

에스프레소의 온도를 지키는 데미타스,

홍차의 향을 머금은 넓고 얇은 잔,

어떤 음료든 척척 담아내는 머그,

음료의 시원함을 그대로 전달하는 유리잔,

보온을 위한 둥글고 두꺼운 잔,

누구든 이동하며 마실 수 있는 종이컵까지.

그냥 만들어진 것은 하나도 없다.

잔에는 차를 사랑하는 사람들에게

조금 더 훌륭한 맛과 향과 분위기를 전달하기 위한

정성이 숨어 있다.

차가 찻잔을 통해 입으로 전달될 때까지의 모든 것을 위해

만들어진 소통의 도구이다.

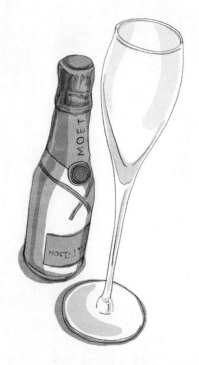

샴페인을 따서 혼자만의 송년회를 가졌다.

어느새 지나가버린 시간과

그 시간을 잘 견뎌준 나에게

정말 수고했다고 다독이며

Cheers!

백마담은 시간에 익숙해지는 게 싫다고 했고
나는 시간에 익숙해지는 게 좋다고 했다.
하루속히 나의 생활에 푹 묻혀 내가 보이지 않게 되길.
어설프게 부유하는 이물질 따위 얼른 가라앉길 바란다.

틈만 나면 뜨개질을 한다.
엄마에게 멋진 카디건을 선물하고 싶어서.
나를 시간 속에 묻어버리기 위해서.

다음 주엔 기타를 사러 낙원상가에 가야겠다.
또다시 굳은살을 만드는 진통의 시간을 보내고 나면
조금 훌륭한 어른으로 성장해 있겠지.

유럽의 벼룩시장을 돌며 하나둘 사 모으던 장난감들 틈에
앤티크잔이 끼어들기 시작했다.
장난감과 함께 장식장 위에 놓이는 잔의 개수가 늘어났고,
그 찻잔들에 무언가를 담아놓기 시작했다.
짧아서 더 이상 쓰지 못하는 몽당색연필, 짧게 잘라서 말린 꽃,
커피의 원두, 뜨개바늘과 쪽가위, 쓰지 않는 단추, 작은 옷핀……
작고 낡아 쓰지 못하는 것들을 잔 하나하나에 담아놓으며
물건들에 담긴 시간을 돌아보게 되었다.

어릴 적에는 캐릭터가 그려진 잔을 좋아했다.
조금 자란 후에는 심플한 머그잔을 좋아했다.
엄마의 찬장에 있는, 꽃물을 뒤집어 쓴 것 같은 찻잔은
그저 촌스러워 보이기만 했다.
하지만 언제부턴가 구닥다리 같던 엄마의 잔이 예뻐 보이기 시작했다.
아마 내가 엄마의 나이를 밟아가면서부터일 거다.
어릴 적에는 그저 쓰디쓰기만 하던 엄마의 커피가
내게도 안식이 되고 위안이 되면서부터일 거다.

작업실에서 온종일 혼자 일을 하는 프리랜서에게
커피는 늘 따스한 동반자이다.
원두를 갈아 드리퍼에 정성스레 내리는,
하나의 의식처럼 행해지는 그 과정의 마무리에는
오롯이 단단한 찻잔이 함께한다.
차의 향과 색과 맛을 고스란히 담아서
나의 코와 눈과 입으로 전달하는 메신저이다.

누군가와 첫 대면을 하고 가까워지는 나의 이야기에는
늘 차와 찻잔이 있었다.
어느 날 우연히 들어간 카페의 주인과 친구가 된다거나,
누군가를 만나 사랑에 빠지고 다시 이별을 한다거나,
외롭고 슬퍼 친구들에게 위로를 받는 모든 시간에는
따스한 차와, 그 차를 담는 찻잔이 있었다.

커피를 마시건, 홍차를 마시건
우리는 그 시간을 마신다.
맛과 색, 그리고 향뿐만 아니라
찻잔 위로 흐르는 삶의 이야기가,
고되지만 씩씩하게 견디는 삶의 시간이
고스란히
나의 책에, 나의 잔에
담겨 있기를 소망한다.

* 책의 소재로 흔쾌히 카페 '제리코'의 문을 열어준 백마담 지혜씨와
제리코 사람들(마감녀, 코파카바나 부부, 써니 양, 미에코 상과 노엘),
그리고 내 작은 잔이 넘치도록 시간을 담아준 모든 친구들에게
깊은 사랑을 보냅니다.
찻잔의 꿈을 꾸게 해준 '그림책상상'의 천상현 선생님과
책의 시작을 열게 해준 북노마드,
아름다운 책을 만들어주신 제너럴그래픽스에
진심으로 감사드립니다.

잔

잔
© 박세연 2012

초판 1쇄 발행 / 2012년 1월 27일
초판 4쇄 발행 / 2014년 4월 4일

지은이 / 박세연

펴낸이, 편집인 / 윤동희

편집 / 김민채 임국화
기획위원 / 홍성범
디자인 / 제너럴그래픽스
마케팅 / 방미연 최향모 김은지 유재경
온라인 마케팅 / 김희숙 김상만 한수진 이천희
제작 / 강신은 김동욱 임현식
제작처 / 영신사(인쇄) 신안제책사(제본)

펴낸곳 / (주)북노마드
출판등록 / 2011년 12월 28일 제406-2011-000152호

주소 · 413-120 경기도 파주시 회동길 216
문의 · 031-955-2675(편집) 031-955-8869(마케팅) 031-955-8855(팩스)
전자우편 · booknomadbooks@gmail.com
트위터 · @booknomadbooks
페이스북 · www.facebook.com/booknomad

ISBN 978-89-968068-0-6 03810

이 책의 국립중앙도서관 출판시도서목록(CIP)은
e-CIP 홈페이지(www.nl.go.kr/cip.php)에서 이용하실 수 있습니다.

(CIP 제어번호: CIP2012000133)